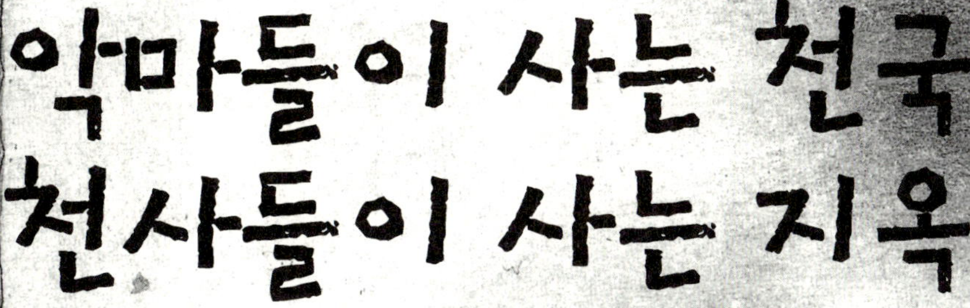

악마들이 사는 천국
천사들이 사는 지옥

펴낸날 2005년 5월 6일 초판 1쇄 **지은이** 마이클 루니그 **옮긴이** 이효명 **펴낸이** 이태권 **펴낸곳** 소담출판사 서울시 성북구 성북동 178-2 (우)136-020 **전화** 745-8566~7 **팩스** 747-3238 **E-mail** sodam@dreamsodam.co.kr **등록번호** 제2-42호(1979년 11월 14일) **홈페이지** www.dreamsodam.co.kr **기획 편집** 이장선 가정실 방세화 **미술** 이성희 김지혜 **본부장** 홍순형 **영업** 박종천 장순찬 이도림 **관리** 이영욱 안찬숙 장명자

ⓒ 소담, 2005

ISBN 89-7381-845-7 03840

●책 가격은 뒤표지에 있습니다.

악마들이 사는 천국
천사들이 사는 지옥

뒤틀린 세상에 날리는 후련한 홈런 한방!

마이클 루니그 지음

김효명 옮김

소담출판사

만화 그리는 법

만화 그리기: 기본적이고, 원시적인 도구와 재료를 사용해요. 만화에서는 고대 기술이 아직도 가장 뛰어난 기술이죠. 고대의 지식과 느낌을 만화에 적용하세요.

손가락을 찌르면 피가 나올 정도로 뾰족한 촉을 가진 철로 만든 펜을 추천해요.

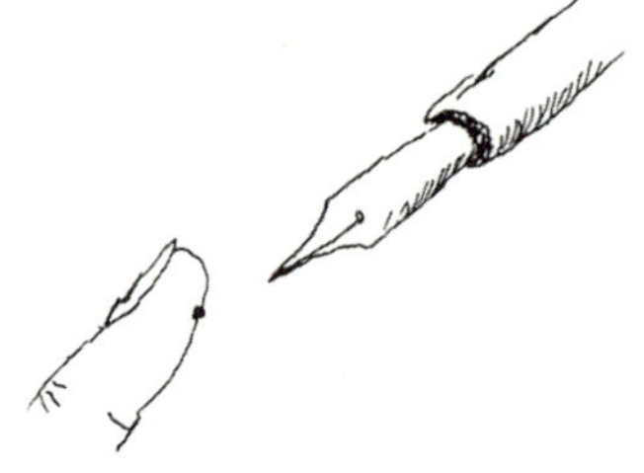

질 좋은 검은 잉크에 눈물 몇 방울 혹은 향이 나는 장미에서 모은 이슬을 더하면 잉크가 더욱 좋아져요.

붓은 나무와 야생동물의 털로 만든 것
을 사용하세요. 물은 밤에 내린 소나기
를 모아서 쓰세요. 만화를 그리는 데는
이것이 가장 좋아요.

종이를 쳐다보고 있으면 종이 표면이
만화를 그리기에 좋아져요. 뚫어져라
보거나 집중하지 마세요. 길고 부드럽
게 응시해주면 종이가 준비돼요.

그림을 그리기 시작하세요. 그림이 곧
엉망이 될 거예요. 만화가는 고쳐 그리고
싶은 충동을 억제해야만 해요. 엉망이 된
그림에 빠져들어서 반쯤 무의식 상태가
돼 봐요.

엄청나게 혼란스러울 정도로 그림
위에 그림을 겹쳐 그려봐요.
그리고 그림을 그리면서 통제력을
잃고 황홀경에 빠져들어요.

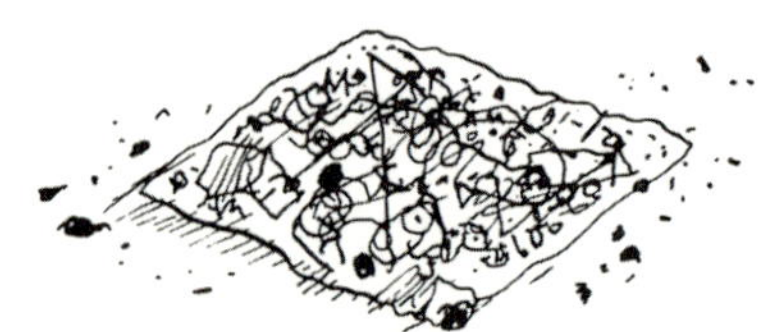

이제 그림에 천천히 뜸을 들이려면 정신을
차리고 자리를 우아하게 떠나세요.

그리고 유유자적하게 여가를 보내세요.
산책을 하세요. 영양을 섭취하세요.
자연세계를 마음껏 감상하세요.

만화가는 휴식으로 아주 약간 더 진화하고
성숙해져요. 이제 엉망이 된 그림으로 돌아
와서 사랑스럽게 그림을 쳐다보세요.

엉망진창인 그림을 쳐다보면 새로운 이미지가
떠올라요. 그 이미지가 날 봐달라고, 날 구해달
라고 조용히 울부짖는 게 들릴 거예요. 약간
놀랄 수도 있지만, 기쁜 마음으로 새로 떠오른
만화에 윤곽을 그려주세요.

만화가는 이렇게 이미지를 건져내
지요. 그리고 환희와 고마움을 느끼
며 이 세상으로 만화를 내보내세요.
작품이 완성되었군요.

웃음의 창조에 대한 연구 보고서

까마득한 원시 시대의 지구에는 웃음이 존재하지 않았습니다.

사람들은 여러 가지 현상에 반응하여 단순한 소리를 낼 뿐이었습니다. 사람들은 비명을 지르고, 소리치고, 울어댔지만, 웃지는 않았습니다.

그리고 운명의 날이 다가왔습니다. 한 사람이 호숫가에 서서 깊은 호수를 쳐다보고 있었습니다. 그런데 커다랗고 화려하게 생긴 물고기가 깊은 물 속에서 위로 떠올랐습니다.

그 사람은 놀랐습니다. 그리고 신기해서 눈을 질끈 감고 즐거운 비명을 질렀습니다.

그는 비명을 지르다가 눈을 떴는데,
신비한 물고기는 온데간데없었고,
물에 비친 자신의 모습만이
보였습니다. 물에 비친 사람은
사라진 물고기에 대해비명을
지르고 있었습니다.

그는 갑자기 깨달음을
얻었습니다. 그 깨달음이
너무 충격적이어서 비명이
조금씩 끊기면서
새어나오게되었습니다.

그리고 비명에 다시 기운이
들어갔습니다. 힘차고 자신감
넘치는 비명 사이사이에
짧은 메아리가 섞여
들어갔습니다. 이 이상한
스타카토 음성현상은 우리가
현재 웃음이라고 부르는
효과를 나았습니다.

결론

웃음은 깊은 호수에서
나온 미지의 화려한 물고기가
갑자기 나타났을 때
탄생했습니다. 웃음은 혼란과
끊김과 자의식이 가득한
동시에 자신이 없고,
거슬리는 비명 소리입니다.

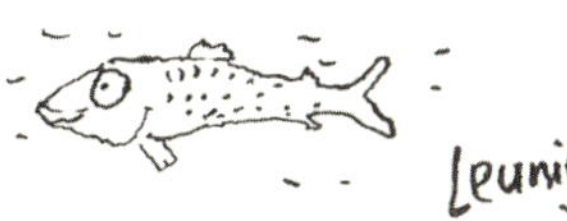

Leunig

화가 난 커다란 연을 날리는 착한 작은 사람들

고양이가 돌아왔어요

모든 게 인구과잉, 전쟁,

지구 환경파괴 때문에

시작되었어요.

법과 질서가 완전히 무너졌고,

폭력적인 범죄가 대규모로

발생했어요.

모든 사람들이 시위를 했고,

전세계를 망하게 만드는

대공황에 빠졌어요.

한 남자가 직업을 잃었고,

사소한 시비로 부인과

싸웠어요.

남자는 어느 날 아침에
고양이를 물고 먹이를
뺏어먹은 개를 발로 찼어요.

개에게 놀란 고양이는 집을
떠났고, 사흘 동안 이웃집
바닥 밑에 숨어 있었어요.

사흘씩이나요! 부부는
안달이 나고, 걱정이 되어서
사흘 동안 한숨도 자지
못했어요.

고양이가 돌아왔어요.
정말 다행이에요! 고양이가
집에 돌아왔어요.

……통조림을 만들면 숲에서 돈을 준답니다.

피자
배달

지도자의 자질

우리가 선출한 대표자들이 완전히 노망이 들었어요. 우리 부족장이 완전히 돌았어요.

늙은 국회의원들은 똥오줌도 못 가려요. 나이 많은 지식인들도 더 이상 지식인이 아니에요.

모두 미치고, 환장하고, 돌아버렸어요. 정신이 나가고, 골이 비고, 심사가 뒤틀려버리고, 맨땅에 헤딩하고 있어요.

머리는 어디에 갖다버렸는지도 모르겠고, 뇌가 녹아버리고, 정신이 빠졌어요.

변덕이 죽 끓듯 하고, 어질어질하고, 헤롱헤롱거려요. 그런데 이게 다가 아니에요!

지도자들이 몸뚱아리가 반으로 잘린 뱀처럼 꿈틀거리고 있어요! 머리 잘린 닭처럼 뛰어다니고 있어요.

지도자들이 자폭하고, 미쳐 날뛰고, 지구를 떠났어요. 이게 내가 할 수 있는 최선의 정치인 분석이에요.

피부 선탠 가게
피부 창백하게 만드는 가게

개인, 사회, 그리고 가정을 위한 화산학

- 폭발 가능한 분화

머리   심장   손   집

자동차 텔레비전 사람들 ……하지만 개는 아니에요.

개는 절대로 터지지 않아요.

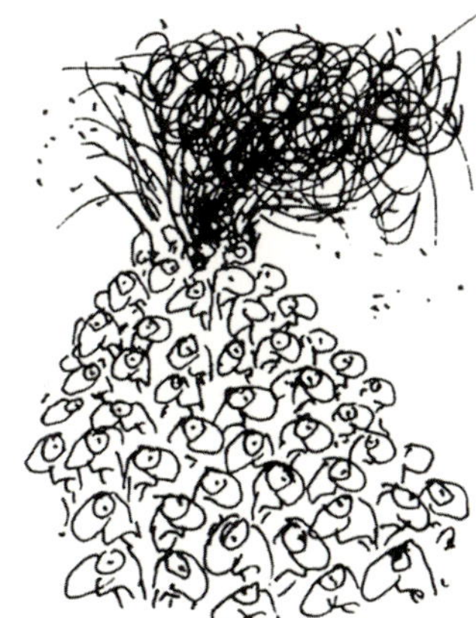

Leunig

봄

꼬리

처음에는 척추 끝이 조금 가려워요.

3주가 지나면 완전한 꼬리가 되지요.

꼬리가 들어가는 특수 바지가 있지만

입기가 어렵지요.

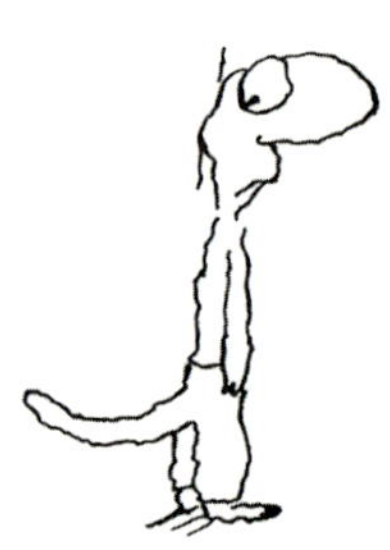

꼬리 달린 사람들을 위한 지원단체도 있어요. 사회활동도 할 수 있다고 하네요.

꼬리 구멍이 있는 특별한 안락의자도 있어요.

하지만 자동문만은 조심하세요!

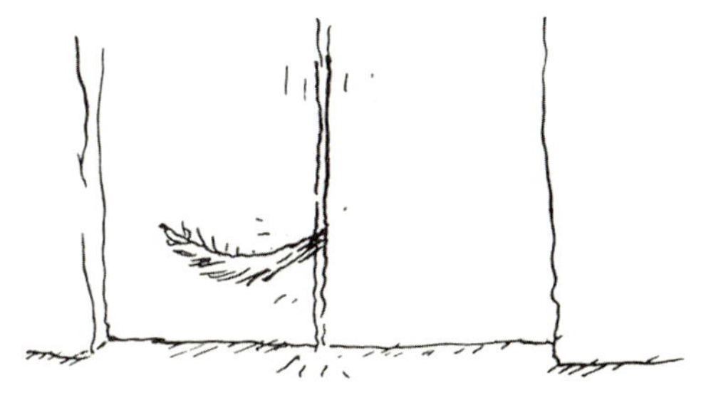

두려움에 떠는 사람들의 집

사람들이 그를 들것에 실어서 두려움에 떠는

사람들의 집으로 옮겼어요.

그는 구석에 엎드려서 울부짖고,

울부짖고, 또 울부짖었어요.

"나에겐 아무 잘못이 없어요."

왜 울부짖냐고 묻자 그가 대답했어요.

"도움이 필요한 것은 이 세상이에요.
실은 이 세상이 두려움에 떨고 있어요."

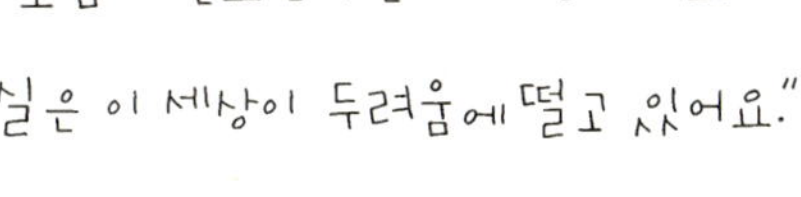

"끔찍하게 두려운 세상이에요."

그는 눈물을 흘리며 노래를 불렀어요.

그러자 두려움에 떠는 사람들의 집에 있는
다른 사람들이 그와 함께 노래를 부르기
시작했어요.

꿈 을 위한 울타리

멜버른 진흙 인간

위원회 직원들이 야라강의 둔덕에서
그의 신체를 발견했습니다.

그의 신체는 전혀 손상이 없었는데,
진흙 속에 40년 동안 누워 있는 것
으로 추정되었습니다.

그는 '스태미나' 바지, '본즈' 언더웨어,
'펠라코' 셔츠를 입고 있었어요. 목단추는
풀려 있었고, 소매는 걷어붙인 채였어요.

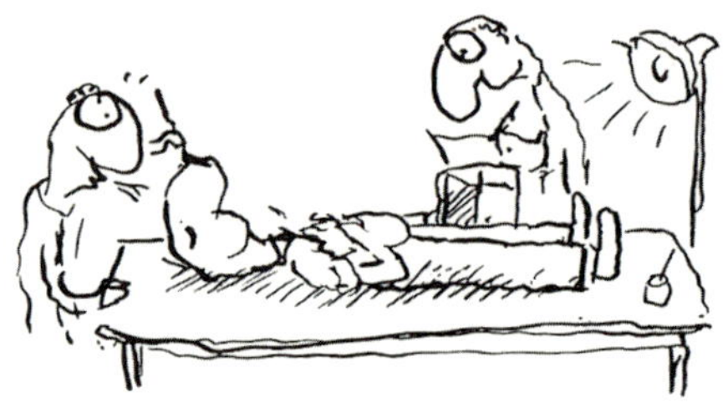

한 손에는 신문에 싼 가재가 들려
있었고, 다른 손은 여행 가방을
쥐고 있었어요.

가방 안에는 흑맥주와 크리스마스 선물
포장지로 싼 물건이 세 개 들어 있었어요.
인형, 장난감 양철 비행기, '파리의 저녁'
향수병이었어요.

그는 조용한 미소를 띠고 있었어요. 과학
자들은 그에게 '멜버른 크리스마스 쇼핑
진흙 인간'이라는 이름을 붙여주었지요.
그리고 과학자들은 현재 그의 죽음을 재
구성하고 1951년에 찍은 크리스마스 사진
을 복원하기 위한 테스트를 하고 있어요.
새로운 소식이 들리면 알려드릴게요.

leuniy

비 닐 랩
Leunig

벽

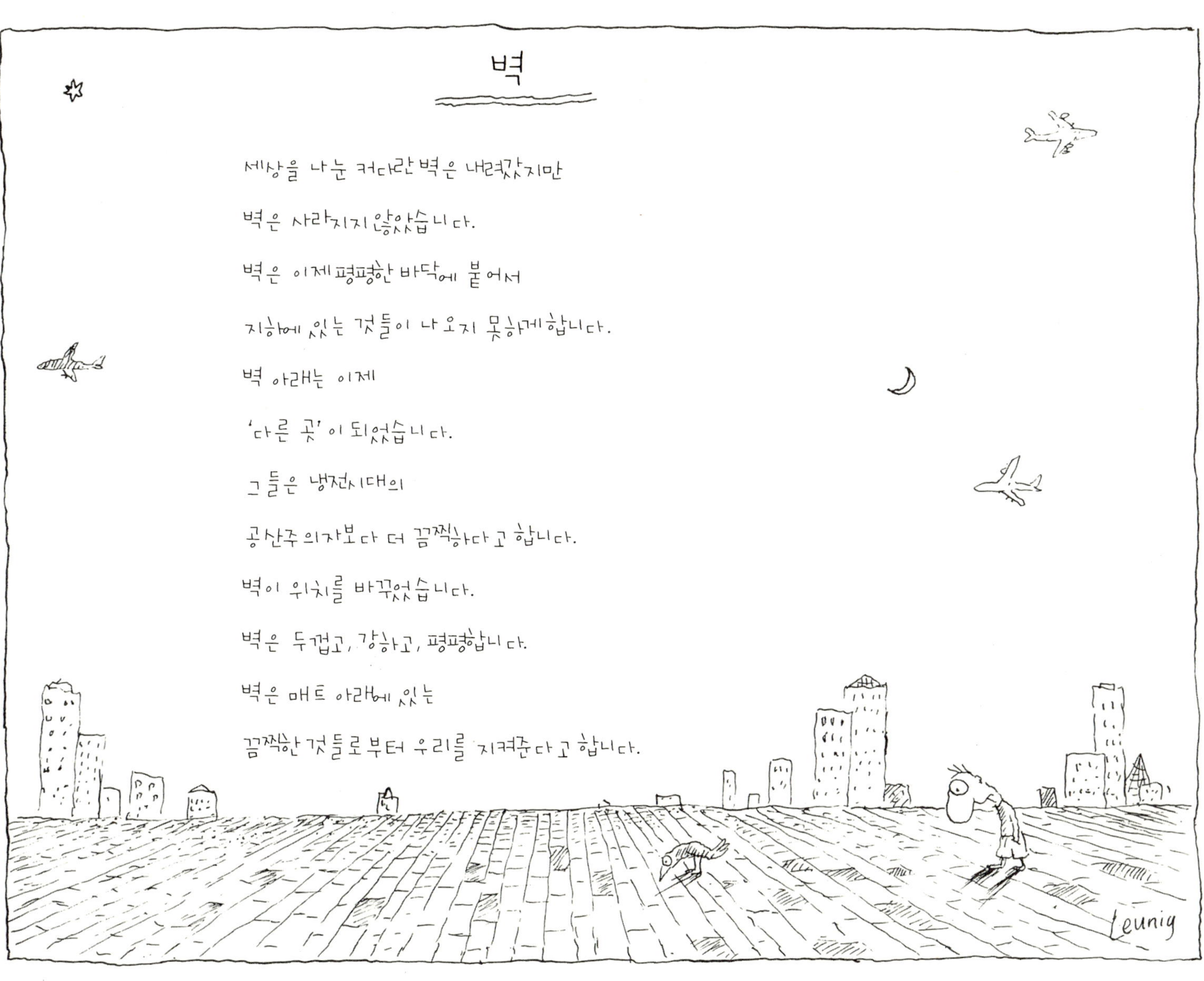

세상을 나눈 커다란 벽은 내려갔지만

벽은 사라지지 않았습니다.

벽은 이제 평평한 바닥에 붙어서

지하에 있는 것들이 나오지 못하게합니다.

벽 아래는 이제

'다른 곳'이 되었습니다.

그들은 냉전시대의

공산주의자보다 더 끔찍하다고 합니다.

벽이 위치를 바꾸었습니다.

벽은 두껍고, 강하고, 평평합니다.

벽은 매트 아래에 있는

끔찍한 것들로부터 우리를 지켜준다고 합니다.

Leunig

그가 믿을 수 있는 것들

남의 말을 믿지 않는 사람이 있었습니다.

그는 한숨, 흐느낌, 욕, 비명, 그리고 노래
만을 믿을 수 있었습니다.

왜 사람들을 믿지 못하냐고 물으면 그는
한숨을 지었습니다.

……그리고 흐느꼈습니다.

……그리고 비명을 지르고 욕을 했습니다.

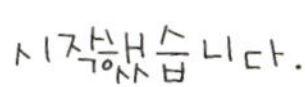

그리고 새처럼 노래를 부르기

시작했습니다.

Leunig

자기계발 서적
소설
Leunig

죽을 뻔한 경험

한 남자가 어디선가 죽다가 살아나면 엄청난 변화가 일어난다고 들었습니다.

사실 인류 전체가 거의 죽은 것이나 마찬가지라고 그는 생각했습니다. 사람들은 멍하게 텔레비전을 쳐다봅니다. 그는 사람들이 살아 있는 시체라고 생각했습니다.

그는 거리를 걷다가 현대 사회의 생활 자체가 죽음과 같은 경험의 연속이 아닐까, 라는 생각이 문득 들었습니다.

코너를 돌던 화초 운반 트럭이 수선화 한 무더기를 뒤로 쏟아서 그는 꽃에 파묻혔습니다.

그는 휘황찬란한 노란 꽃무더기 안에 정신없이 누워 있다가 해가 비치는 무더기 위로 고개를 쑥 내밀었습니다.

그는 가게 창문에 비친 자신의 모습을 보았습니다. 그리고 수선화 향기를 맡았습니다. "멋있어!"라고 생각했습니다. 죽을 뻔한 경험이 아니고, 진정한 생명의 경험이었습니다. 그리고 그는 자신에게 벌써 엄청난 변화가 찾아오는 것을 느낄 수 있었습니다.

Leunig

여왕 폐하를 위한 송시

여왕이 빠르게 지나가서 그녀의 모습을 잠깐 볼 수 있었습니다.

몇 년이 지나고 여왕이 지나가는 것을 또 보았습니다.

그리고 세월이 더 지나서 여왕이 지나가는 것을 다시 한번 보았습니다.

그리고 여왕이 지나가는 것을 몇 번 더 보았습니다.

여왕이 지나가는 것을 보았습니다. 이것이 무슨 의미가 있는지는 모르겠습니다.

사실은 내 문제가 아니라 여왕의 문제일지도 모릅니다.

leunig

Leunig

평화와
자유를
위해 투쟁
하면서 자신
안에 숨어 있는
악마와 싸운 사람
들을 위한 기념비

시드니는 괜히 사람들이 입에 올리기 좋아하는 도시입니다. 사람들은 시드니를 힐끗 보고 한 마디 하거나, 엉성하게 일반론을 펼치거나, 시드니의 성격을 과도하게 단순화합니다. 직접 찾아가서 시드니의 정수가 무엇인지 알아보겠습니다.

비행기로 시드니에 가고 있었습니다. 비행기에서 나와 대화를 나누던 여행객이 이렇게 말합니다. "시드니! 그 도시는 조명이 눈부시고, 바퀴벌레가 많아요. 그리고 뜨거운 감자칩을 많이 팔고, 도둑 경보기가 곳곳에 설치되어 있어요."

나는 시드니에 도착한 다음, 간단한 샌드위치와 차 한잔을 마시기 위해 내가 좋아하는 가게를 찾아갔습니다. 항구에 튀어나온 오페라하우스의 끄트머리에 내가 좋아하는 샌드위치 가게가 있습니다.

하지만 안타깝게도 그 가게는 으리으리한 고급 레스토랑으로 바뀌어버렸습니다. 시드니에 오자마자 이렇게 허무하게 끝나는 것일까요? 이것이 시드니의 정수입니까?

우르르 몰려다니는 관광객들을
헤쳐나가서 식물원의 '첫 번째
농장'이라는 곳에 왔습니다. 간
판의 해설을 읽어보니 '이 농장
은 망했다'라는 내용이었습니다.
이것이 시드니의 자연일까요?

간소하고, 순수하고, 솔직한 농사
는 이렇게 실패하고 마는 걸까
요? 시드니는 약삭빠른 사업가들
만 살 수 있는 장소인가요?

이제 미술관을 찾아가서 아치발
드 상을 타기 위해 참가한 초상
화 작품을 감상합니다. 초상화
의 주인공은 내 오랜 친구 패트
릭 쿡입니다. 실물보다 최소한
두 배는 크군요.

내 친구는 커다랗고, 건강하고, 찬란하게 금빛으로 빛나는 것 같았습니다. 내가 실제로 알고 있는 패트릭보다 그림이 더 진짜 같습니다. 여기에 어떤 교훈이라도 있지 않을까요? 시드니에 오면 다 이런 걸까요?

끔찍한 징조들을 보고 난 다음에 나는 킹스 크로스에 갑니다. 여기에는 마약으로 취한 사람들이 헤롱헤롱거리고 있습니다. 마약에 취한 사람들은 지저분합니다. 그들은 악취가 나는 동물보호소에서 안락사를 기다리는 들개들 같습니다.

도시를 걸어다녔습니다. 교통체증, 매연, 소음, 냄새가 밴 수증기가 도시에 가득합니다. 거지는 구걸하고, 술주정뱅이는 중얼거리고 괴성을 지릅니다. 글렙 지역에서 '렌즈 콩 악몽'이라고 써 있는 벽의 낙서를 보았습니다.

반 병짜리 와인을 사려고 계산대 앞에 갔습니다. 계산대 아줌마는 옆에 있는 텔레비전에서 눈을 떼지 못합니다. 지금 매우 중요한 상황이 벌어진 게 아닐까, 라는 생각이 갑자기 듭니다.

혼자 저녁식사를 하기 싫어서 친구를 부르기로 마음먹었습니다. 집에 불은 켜져 있는데, 아무도 없습니다. 집 뒤쪽을 살펴보는데, 협죽도가 향기를 내뿜고 있고, 개구리를 개굴개굴 소리냅니다. 한때는 이것도 시드니의 정수였습니다.

그 다음에 '빈, 태국, 스페인, 베트남 음식을 모두 하는 레스토랑'을 길거리에서 발견했습니다. 그것을 본 순간 나는, 지금 머무르고 있는 써큘러 퀘이 근처 호텔에 돌아가기로 결정했습니다. 호텔에서 러시아 작가 니콜라이 고골이 쓴 『죽은 영혼』이라는 소설을 읽기 시작합니다.

오늘은 오스트레일리아의 날입니다.
축제 분위기에 잠에서 깨어납니다. 국
기를 파는 사람, 거리의 악사, 술꾼,
관광객으로 퀘이가 시끌벅적합니다.
늙수그레한 거리의 악사가 톱날로 음
악을 연주합니다. 이것은 중요한 정보
입니다. 멜버른에서 톱은 나무를 자르
는 데 사용합니다. 시드니에서 톱은
음악을 연주하는 데 사용합니다.

멋진 페리선을 탑니다. 후미 갑
판에서 건너편의 항구 다리와 오
페라하우스가 아침 햇살을 받아
반짝거리는 광경을 봅니다. 정말
아름답고 장엄한 구경거리입니
다. 인생이 가슴 벅차고, 기쁘게
느껴집니다.

이러한 풍경에 익숙해져버린
시드니 시민들이 안타깝게 느
껴집니다. 시드니를 가끔 방문
하고 순수한 마음으로 여행을
하는 사람들은 행운아입니다.

페리선 승객들이 작은 배에 탄 사람들에게 손을 흔듭니다. 작은 배 사람들이 같이 손을 흔들어줍니다. 어두컴컴한 물 위에서 잠깐 동안이긴 하지만, 즐겁고 선한 마음이 생겨납니다. 이런 것이 기적입니다.

갑판에 앉아 있는 커플이 끔결처럼 서로 껴안고 있습니다. 공기가 향기롭습니다. 파도가 페리선을 부드럽고 유쾌하게 흔들어줍니다. 배의 흔들림으로 커플의 포옹이 더욱 부드러워지고, 더욱 간절해집니다. 자연의 힘이 가세하여 커플은 결국 키스를 합니다.

어쩌면 이것이 시드니의 정수일지도 모릅니다. 나는 연인들에게서 고개를 돌려 물을 바라봅니다. 물에 반쯤 잠긴 모자가 흘러가고 있습니다.

오스트레일리아의 날 공식 행사에 참가하기 위해서 오페라하우스로 돌아갑니다. 행사장에서 수상, 대주교, 시장, 주지사…… 그리고 뭔가 미심쩍은 사람들을 구경하고, 그들의 연설을 들었습니다.

군중 속에 있던 할머니가 "거짓말!"이라고 외치자 경찰이 할머니에게 경고를 합니다. 어쩌면 이것이 시드니의 정수입니다. 시드니는 솔직한 사람들이 벌을 받는 곳인가요? 잘 모르겠습니다.

써큘라 퀘이 철로 고가교 아래에 휠체어에 탄 집없는 노인이 살고 있습니다. 노인은 병에 걸렸고, 영양 섭취가 부족합니다. 이 노인이 시드니의 유명인들보다 시드니의 진실을 더 잘 보여주는 것은 아닐까요? 그리고 항구에 둥둥 떠 있던 모자는 도대체 누구의 것일까요?

시드니의 정수   계속

모노레일을 탑니다. 달링 하버 컴플렉스에 가고 있습니다. 거리의 악사, 아방가르드 퍼포먼스 예술가들이 잔뜩 보입니다. 범죄자들이 고급 선박을 타고 있는 것이 보입니다. 수많은 관광객이 보입니다. 맥주캔, 와인병, 정크푸드, 유리조각, 쇠붙이, 콘크리트가 보입니다.

왜 시드니를 거대한 놀이 공원으로 바꿨을까요? 왜 혼자 다니는 여행객은 외로움을 느끼고, 피곤하고, 바가지를 쓴 것만 같을까요? 사람들이 똑똑하다면 왜 시드니를 더 인정이 많게 만들지 않았을까요?

왜 모든 것이 다 크고, 북적거릴까요? 왜 경찰봉이 이렇게 긴가요? 차 한잔이 왜 이렇게 비싼가요? 왜 여기는 구경하고 살 것밖에 없나요?

"하느님 아버지, 욕망과 이기심이 우리를 넘보지 않게 하소서……"라고 대주교가 오스트레일리아의 날 기도했습니다. "시드니는 지구에서 가장 좋은 곳입니다"라고 시장이 말했습니다.

왜 그렇게 많은 사람들이 '걱정하지마. 행복하게 살아야 돼'라는 티셔츠를 입고 있을까요. 왜 사람들이 술을 그렇게 많이 마실까요. 왜 관광객들이 사진을 그렇게 많이 찍을까요. 항구에 있던 모자는 도대체 누구의 것일까요.

나는 호텔로 돌아왔습니다. 밤하늘은 폭죽의 불빛으로 가득하고, 경찰차의 사이렌이 시끄럽게 울어댑니다. 나는 침대에 누워서 『죽은 영혼』을 읽습니다.

leunig

"어이, 베릴, 이것 봐! 독이 몸 밖으로 나오고 있어!"

Leunig

당할 거예요.

크면 무할 거니?

아무 것도 안할 거예요.

난 남들에게 당할 거예요.

미래는 이래요. 당하는 거예요.

당하는 법에는 여러 가지가 있어요.

거부당하고, 설득당하고, 무시당하고,

휩쓸려다니고, 밀려나고……

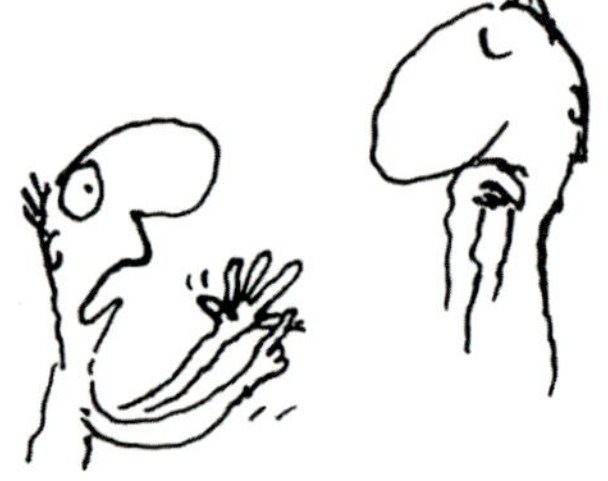

대접받고, 정보를 듣고, 뺏기고, 억압

당하고, 조사당하고……

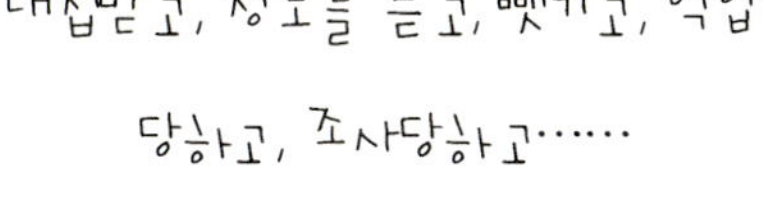

매수당하고, 일반화당하고, 인간성을 뺏기

고, 쫓기고, 표적이 되고, 유혹당하고, 고문당

하고, 마취당하고, 속고, 옮겨지고, 훈련받고,

팔려나갈 거예요.

정말 대단한 미래예요!

나는 정말 많이 당할 거예요.

Leunig

가 을

가을이 찾아왔습니다. 그의 마음은 아주
잘 익어서 딸 준비가 되었습니다.

그래서 그는 그림이 금색으로 변하고,
갈색으로 변하는 미술관에 갔습니다.
슬프고도 멋진 광경이었습니다.

벽에서 펄럭이는 그림은 정말 아름다
웠습니다. 안내원이 떨어진 그림을 빗
자루로 쓸어모아서 불을 지폈습니다.

그가 길거리로 나오는 동안 불타는 그림이
내뿜는 고약하지만 야릇한 냄새가 신선한
아침 공기 속으로 퍼졌습니다.

차를 몰고 지나가던 여자의 핑크 드레스
끝자락이 차문 아래로 삐죽 튀어나왔습
니다.

감사의 눈물이 그의 눈에서 솟아올랐
습니다. 인생이란 정말로 달콤하고,
풍요롭고, 오묘하고, 기쁘답니다.

leunig

코기 견공을 위한 송시

오랜 역사를 자랑하는 궁전에서 결혼식이 있습니다.

털이 보송보송하고, 날개처럼 생긴 귀를 가진 두 견공 왕족의 결혼입니다.

악취를 풍기는 튜브와 쇠붙이를 철썩같이 믿는 사람들과 다르게 이들은 사랑을 믿었고, 결혼 생활이 어려운 줄 몰랐습니다.

이들의 대저택에서 열정의 전차가 달립니다.

우아한 견공의 스타일을 자랑하며, 욕망의 뜨거운 화살을 날립니다.

그들이 쥐고 있는 왕홀에는 구슬이 박혀 있고, 꼬리 밑에는 왕좌가 있습니다.

머리에는 진주 왕관이 있고, 입에는 뼈가 물려 있습니다.

진주 왕관과 날개같은 귀가 있고, 입에는 뼈가 물려 있습니다!

leunig

그는 남자예요.

그는 남자 옷 매장에서 믿음직한 활로 밝은 스포츠 코트를 쐈어요.

그는 가구 매장에서 커다랗고, 빵빵한 소파를 작살로 찔렀어요.

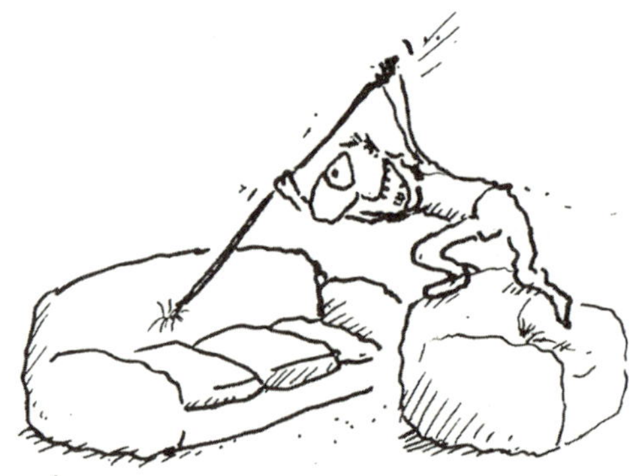

그는 전자 제품 매장에서 토스터를 방망이로 두드렸어요.

그는 침대매장에서 킹 사이즈 침구를

맨손을 찢었어요.

그는 신발 매장에서 어망을 던져서

멋진 신발을 잡았어요.

그는 사냥꾼이랍니다. 그는 가족

부양자이지요. 그는 바로 남자예요!

내 머리 뒤에 있는

작은 방 안의

창문에 새가 있다.

문에 늑대가 있다.

바닥에 뱀이 있다.

베개에 꽃이 있다.

침대에 노트가 있다.

저주와 어둠

버스에는 저주의 공기가 감돌았어요.

사무실에서 저주의 냄새가 났어요!

그가 들어간 모든 커피숍에서 확실히 저주의 냄새가 났어요!

집에서 저녁식사를 할 때도 도저히
저주의 냄새를 피할 수가 없었어요.

침실에서도 끔찍하고, 구역질나는
저주와 어둠의 냄새가 났어요.

그런데 알고 보니 신발 바닥에 저주가
붙어 있었어요. 계속 저주를 밟고
다녔던 거였어요!

"조지는 요즘 섹스에 흥미를 잃었어. 예전에는 화끈했는데 말이야."

가 을

가을. 가을이 왔어요!

달콤하고 슬픈 죽음이 찾아왔어요.

지난 여름에 했던 일들

두 번 다시 하지 못하겠지요.

이상해요. 이상해요.

차갑고 비어 있는 여물통.

지난 여름에 느낀 감정들

두 번 다시 느끼지 못하겠지요.

만 드 는 법

우선 재료를 구하세요.

익숙한 것이 가장 좋아요.

나뭇가지, 깃털, 돌……

편지, 사진, 기념물, 오래된 뼈,

마른 풀, 눌린 꽃……

재료들을 어디에다 놔뒀는지

기억한 다음에

되돌아가서 입으로 재료를 모으세요.

집의 방으로 재료를 가져오세요.

흙과 침을 더해서 재료를 걸쭉하게 만들어요.

적당한 무더기가 생길 때까지 구석에다

걸쭉한 덩어리를 뱉으세요.

이것이 만드는 법이에요!

다음에 해야할 일은 다음 단계를 참고하세요.

1992년 가을의 울음 대축제에서

전통적이고, 충격적이며,
고농축의 식탁보 울음.

사색적이고, 느리고, 거꾸로
흘리는 침실의 울음.

질낮고 철 지난 와인과 치즈를
먹으며 흘리는 단체 울음.

일요일 오후에 흘리는 넓은
스펙트럼을 가진 교향곡
스타일의 시적인 울음.

시골 나무 그루터기 위에 서서
수탉에게 흘리는 임시변통 울음.

회사 이사가 스피커폰에 대고
우는 정확하고, 억눌린 울음.

시도 때도 없이, 아무 데서나
울어대는 조용한 코 울음.

축 늘어진 천사가 쏟아내는 울음.

Leunig

끔찍. 끔찍하게 만들기. 끔찍하게 만드는 사람
매일 밤, 매일 낮
끔찍하게 만드는 사람이
공공 장소와 우리가 좋아하는 것들과
작은 은총을 끔찍하게 만들었어요.
사랑스런 보물과 평범한 기쁨과
소박한 즐거움을 끔찍하게 만들었어요.
먼 곳과 가까운 곳과
우리가 사랑하는 인생을 끔찍하게 만들었어요.
민주적이고, 깨끗하고, 합법적인 것을 끔찍하게 만들었어요.
끔찍해요. 끔찍해요. 끔찍해요.
Leung

마누라가 미쳤나

그는 햄버거를 먹고 있었습니다.

그는 햄버거를 먹으면서 라디오를 듣고 있었습니다.

그는 햄버거를 먹고, 라디오를 들으면서 친구에게 말하고 있었습니다.

그는 햄버거를 먹고, 라디오를 듣고, 친구에게 말하고, 카폰이 울릴 때 오른손으로 운전대를 돌려서 코너를 돌고 있었습니다.

그의 부인이었습니다. "더 이상 못 참겠어." 그녀가 말했습니다. "미치고 환장할 것 같아. 도저히 안 되겠어. 집에 와서 도와줘!"

그는 햄버거를 입에 잔뜩 물고, 친구에게 말을 걸면서, 담뱃불을 붙이고, 라디오를 크게 틀어놓고, 빨간 불을 지나치고, 수화기를 내려놓으면서 '뭐야'라고 그가 생각했습니다. "내 마누라가 미쳤나!"

위대한 투쟁

우울증의 이해

매년 이때쯤 되면 산타클로스가
아이들이 착하게 지냈나, 하고
리스트를 확인합니다.

아이가 엄마, 아빠를 못살게
굴지 않았는지 확인합니다.

아이가 이기적이고, 요구가 많고,
말을 듣지 않았는지 확인합니다.

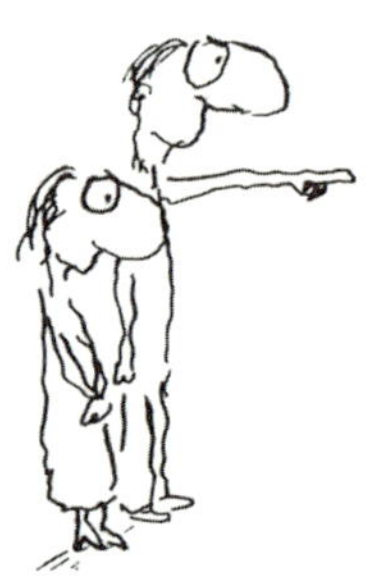

아이가 잘 자랐는지, 아이가 예절을
잘 지키는지, 아이가 즐겁고, 상냥하고,
신나고, 도움을 많이 주고, 똑똑하고,
착한지도 확인합니다.

그리고 산타클로스는 착한 아이들에게
인생에 엄청난 도움이 될 선물을 줍니다.

선물은 커다랗고, 두꺼운 책입니다.
『우울증의 이해』

"와우 멋진걸, 피오나! 아주 딱딱한 잠옷이야."

절도, 위조......

절도, 위조, 뇌물, 남색, 강도, 배신, 사기, 강간. 그는 이러한 죄목을 달고 오스트레일리아에 죄수로 처음 왔습니다.

그는 새 식민지에서 모범수가 되었고, 착한 사람이 되어서 일찍 사면을 받았습니다.

그는 열심히 일하고, 땅을 개척했습니다.

얼마 지나지 않아 그는 누사 지역에 호화 저택을 장만했습니다. 겉과 안이 모두 하얀 집이었습니다. 그의 옷과 벤츠도 하얀 색이었습니다. 시꺼먼 독방하고는 완전히 달랐습니다.

그는 거의 모든 양조장, 신문사, 텔레비전 방송사, 슈퍼마켓, 정당, 기타 등등을 소유하게 되었습니다.

그는 잠잘 때가 되면 베개에 머리를 대고 혼자 중얼거렸습니다. "절도, 위조, 뇌물, 남색, 강도, 배신, 사기, 강간."

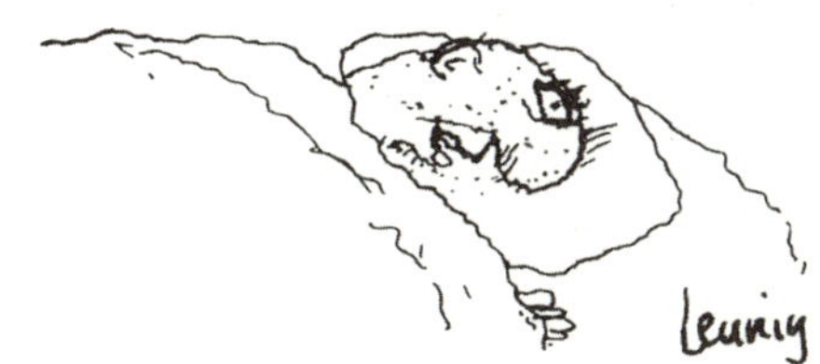

leoni

공동 재산을 그들이 사유화하고 있습니다.

그들은 사람들을 때리고 공공 장소에서 내몰고 있습니다.

우리는 여전히 같은 날씨를 똑같이 누리고 있지만

그들은 공유하는 것이 건전하지 못하다고 합니다.

❧

그들이 모두의 공간을 독차지하고 있어요.

그들은 남의 것을 약탈하고, 강줄기를 빼앗은 다음에 합리화합니다.

그들이 사랑스런 자연을 망가뜨리고 있습니다.

꿈과 노래를 파괴하고 있습니다.

❧

그들은 연약하고, 부드러운 감정을 너무 무서워해서

단단하고 딱딱한 것을 갈구합니다.

그들은 해외 시장이 국내에 침투한다고 말합니다.

그들은 사기업 부문이 번창한다고 합니다. 말도 안 됩니다.

❧

그들은 사랑을 모르는 동물입니다.

그들의 침대밑에는 악마가 꿈틀대고 있습니다.

그들이 넥타이를 이용하여 자신들 머리의 이성과 가슴의 감정을 분리하는 것을 볼 수 있습니다.

❧

그래서 사람들의 보물을 훔치고

즐거운 방랑자를 굴복시켜도 그들은 끔쩍하지 않습니다.

그들은 보통 사람들을 해치는 것을 끔찍이도 좋아합니다.

운 명

그는 12살에 바람 부는 목장에서 신의
목소리를 들었습니다.

"너는 절대로 수상이 되지 못할것이다."
라고 목소리가 말했습니다.

"너는 국회의원이 되지 못할 것이다.
너는 시의원도 되지 못할것이다."

"너는 어떤 위원회에도, 어떤 클럽에도,
어떤 모임에도 속하지 못할것이다."

"너는 아무것도 못할 것이며, 주위 환경과
어울리지 못하고, 카리스마도 없을 것이다."

"그래서 너는 어쩔 수 없이 방송에서
정치논평가를 해야 한다. 잘 가거라.
행운을 빈다."

신 문
당신은 지금 가장 친한
친구를 죽였습니다.
지금 어떻게 느끼십니까?
갈리폴리 가
사람찾음
사람찾음
사람찾음
사람찾음
사람찾음
사람찾음
$ $
$
돈 버는 법
대단 등장한
강간 범
Leunig

찬사

그는 바비 집게 도사입니다.

그는 파티를 제 맘대로 멈출 수 있습니다.

그는 집게로 검정파리를 공중에서 잡을 수 있습니다.

그리고 집게로 고기를 여유 있게 뒤집습니다.

그가 소시지에 콘돔을 씌우면 자기 물건에 자신 없는 남자들이 눈을 떨굽니다.

이것을 모두 대만산 집게로 할 수 있습니다. 그는 최고의 명인입니다.

주름진 양철 깃발 — 득과 실

깃발이 펄럭이는 소리가 익숙해요.

바람이 없는 날이라도 깃발이

수그러들지 않아요.

그리고 가장 중요한 사실: 거의 모든 사람들이

깃발 아래에서 싸웠다는 거죠.

깃발: 주름진 양철 회색 깃발. 못이 박혀 있던 구멍이 있고,
갈색으로 녹이 슬었다.

그는 선원이었어요.

그는 선원이었지만, 그의 주위에는
바다가 없었어요. 그의 몸 안에
바다가 있었어요!

드넓고 깊은 대양이 그의 안에 있었
어요. 그의 마음이 바다에서 외롭게
떠돌고 있었어요.

강력한 조류가 그를 여기저기로
이끌었어요. 그의 방향을 바꾸어
놓았어요.

몸이 아플 때 거친 폭풍이 몰아치고,
그는 덜덜 떨면서 소중한 생명을
붙잡고 있었어요.

평안해지면 잔잔한 날이 찾아왔어요.
별을 보며 키를 조종하고, 물 위를
나는 천사들의 노래를 들을 때면
조용한 밤이 찾아왔어요.

그는 한없이 항해했지만, 바다에 대해서는
거의 아무것도 몰랐어요. 깊고 어두운 해저
에는 그가 모르는 신비로운 검은 물체들이
조용하게 지나치고, 배회했어요. 그는 자신
안에 바다를 담아두고 있는 선원이었어요!

크리스마스 아침에 무엇을 받았나요?

크리스마스 아침에 태어나서 무엇을 받았나요?

우유를 먹었나요? 고통을 받았나요?

표현할 수 없는 상처를 입었나요?

하늘 높은 곳에서 별을 받았나요?

어머니의 사랑의 눈길을 받았나요?

불꽃이 눈에서 눈으로 옮아가며

이 세상을 떠날 때까지 반짝이고 있어요.

크리스마스 아침에 우리는 무엇을 받았나요?

크리스마스 아침에 태어나서 무엇을 받았나요?

사라진 세상

프레드 너크가 지금은 사라진 세상의 공원에서 몽상을 하고 있어요.

페인트 스프레이 낙서 화가가 프레드 몸에 낙서를 했어요.

시의원회의 낙서 청소부가 와서 프레드의 몸을 갈색으로 칠했어요.

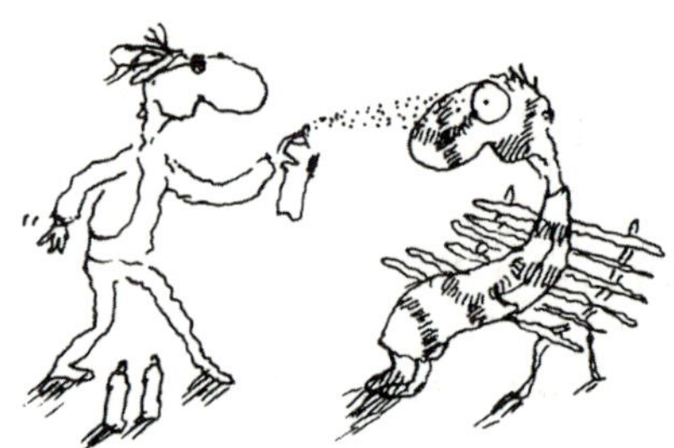

지나가는 사람이 프레드를 보고
더러운 검둥이라고 욕했어요.

프레드 너크. 그는 조용하고 현명한
이 세상의 증인이에요.

그의 몸값은 7달러 35센트예요.

최 종 결 승

내가 오스트레일리아의 법을 바꿀 수 있다면,

내가 만일 규칙을 만들 수만 있다면

축구공 36개를 하나씩 선수들에게 주고

아무런 장애물이 없는 골대를 36개 세우고

선수들이 골대에 각자 공을 찰 수 있게 하겠다.

그리고 경기 시간을 휴식 없이 10시간으로 정하고,

점수가 날 때까지 공을 차게 하겠다.

관중들이 소리치고 고함지르게 하겠다.

이 모든 것이 지겨워질 때까지 그렇게 하도록 말이다.

사람들이 축구를 절대로 하기 싫어질 때까지 말이다.

아름다움의 비결은 프랑스산 광택제예요.

이게 없었으면 100% 실크로 만든 숟가락으로

죽을 먹을 때마다 넥타이에 흘려서

얼룩이 졌을 거예요.

나무 넥타이가 멋진데요.

Leunig

늙은 개

"나를 사세요!" "나를 사세요!"

상품들이 외쳤어요.

하지만 그는 더 이상 들을 수 없었어요.

"나를 보세요!" 텔레비전이 외쳤어요.

"나를 읽어요!" 잡지가 외쳤어요.

하지만 그는 더 이상 들을 수 없었어요.

"나를 운전해요!" 자동차가 소리쳤어요.

"나를 봐주세요!" 유명 스타가 소리질렀지만

그는 더 이상 들을 수 없었어요.

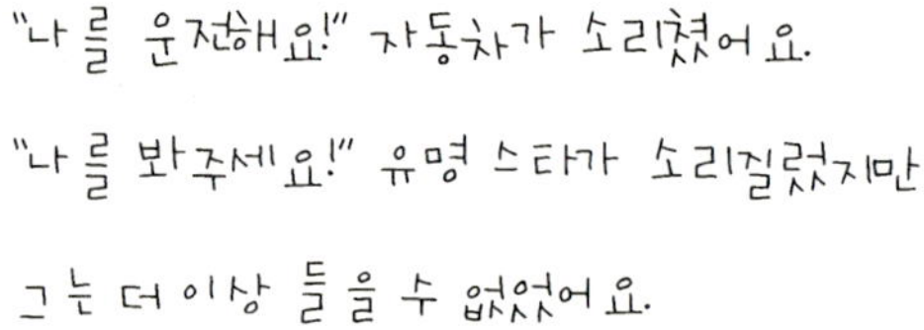

"안녕하세요." 부드러운 목소리가 말했어요.

고개를 돌려보니 늙은 개가 있었어요.

"새로운 삶에 오신 것을 환영합니다."

늙은 개가 미소를 지으면서 말했어요.

"화려한 건 없어요." 늙은 개가 말했어요.

"설문 조사를 해봐도 인기도가 낮을 거예요.

하지만 풍요로운 삶과 충분한 휴식 시간을

가질 수 있어요." 늙은 개가 말했어요.

흘러가는 그물에 걸린 천사들

악마

아침에 피곤한 몸을 겨우 일으켰는데, 어둡고 끔찍한 악마가 내 가슴 위에 올라타고 있었습니다.

악마는 나를 매트리스에서 꼼짝 못하게 하고, 머리를 잡아채고, 자신의 무릎을 내 가슴에 대고 누르고, 침대를 뒤집었습니다.

악마는 나를 거울 앞으로 끌고 가서 내 몰골을 보여주고, 손으로 면도기를 들어서 내 얼굴에 댔습니다.

악마는 바랜 옷을 내 어깨에 두르고, 해
진 바지를 엉덩이에 걸쳤습니다. 그리고
내 시들한 입술 사이로 김이 모락모락
피어오르는 커피잔을 갖다댔습니다.

그리고 악마는 시들한 입술을 낚아채서
즐거운 미소를 억지로 짓게 했습니다.
마침내 악마는 억지 미소를 짓고 있는
나를 바깥세상으로 내보냈습니다.

잔인한 악마는 내안에 숨어서 가식적인
농담도 끝까지 견디게했습니다.
나는 지금 미소로 가득찬 세상을 걷고
있습니다.

인생이 다시 좋아지고 있어요.

세상이 너무 빨리 돌아가고 있었어요. 너무 무심했어요. 너무 위험했어요. 사람들이 망가지고 무너지고 있었어요. 거리가 갈라지고 부스러지고 있었어요. 그는 두려워졌어요.

그는 더 이상 참을 수 없었어요. 그는 발을 헛디디고 넘어졌어요. 그는 소리치면서 뒤로 쓰러졌어요. 쓰러져서 자신의 입 안으로 빠졌어요. 그는 목구멍 속으로 깊숙이 빠지면서 도와달라고 외쳤어요.

그는 계속 밑으로 떨어졌어요. 자신의 어둠 안에 갇혔어요. 의식을 잃을 때까지 더 어둡고, 더 깊은 곳으로 빠졌어요.

그곳에서 그는 자신을 완전히 감싸주는 한 여인에 대한 꿈을 꿨어요. 그 여인은 그를 온화하게 목욕시켜주었어요. 그리고 그에게 살포시 축복을 내려줬어요.

그는 바지 뒤에서 햇빛을 받으며 깨어났어요. 원기를 완전히 회복했어요. 완벽한 안정이 찾아왔어요. 마음이 아주 평온했어요.

뭔가 이상했어요. 그리고 할 일도 많이 남아 있었어요. 하지만 인생이 다시 좋아지고 있다는 것을 그는 확실히 느낄 수 있었어요.

위대한 피크닉